소쇄원을 거닐다

시작시인선 0476 소쇄원을 거닐다

1판 1쇄 펴낸날 2023년 6월 20일
지은이 이승애
펴낸이 이재무
기획위원 김춘식, 유성호, 이형권, 임지연, 홍용희
책임편집 박예솔
편집디자인 민성돈, 김지웅, 정영아
펴낸곳 (주)천년의시작
등록번호 제301-2012-033호
등록일자 2006년 1월 10일
주소 (03132) 서울시 종로구 삼일대로32길 36 운현신화타워 502호
전화 02-723-8668
팩스 02-723-8630
블로그 blog.naver.com/poemsijak
이메일 poemsijak@hanmail.net

ⓒ이승애, 2023, printed in Seoul, Korea

ISBN 978-89-6021-720-1 04810
       978-89-6021-069-1 04810(세트)

값 11,000원

소쇄원을 거닐다

이승애

천년의시작

봄이 점점 지워진다.

떨어지는 꽃잎은
시의
발자국.

아직
신겨 보내지 못한 문장들이
길 위에
흠뻑 젖어 있다.

아직도, 오래
오래 가야 할
먼 길.

2023년 늦봄
이승애

차 례

시인의 말

제1부 꽃의 결심

제3부 둥근 악보

제4부 시간의 뼈

해　설

제1부 꽃의 결심

춘분

감자들이 몸속에서
봄을 꺼내고 있다
박스 안에 갇혀서도
푸릇푸릇
봄을 내밀고 있다
겨우내 짓눌린 숨을 한꺼번에 내뱉는 듯
일시에 터뜨리고 있다
저 푸른 뿔
저 푸른 못이
봄을 기억하고 있었구나
흙냄새를 기억하고 있었구나
쪼글쪼글
제 피를
제 몸을
스스로 말리며
묵은 감자들은 오늘도
고행苦行하고 있다
고행의 몸으로 일제히
푸른 숨을 내뿜고 있다
터뜨리고 있다

봄날

마당 가득 늦봄이 출렁대고 있다

아침부터 욕설이 넘치던 광주리도 던져 놓고
무엇이든 붙잡으려고 휘둘렀던
손아귀엔 허공만 한 줌 잡혀 있다

감자밭 밭고랑에 느닷없이 쓰러진 목포댁
하얀 감자꽃이 조등처럼 내걸려 있다

차일을 치고
펄펄 국밥을 끓여 내는 봄날

조문객을 모아 놓고 웃고 있는 영정 사진이
미처 쓸어 담지 못한 슬픔을
골고루 나눠 주고 있다

대문 앞 감나무가 상여를 멘 듯 휘청대는 봄날

고추밭으로 가던 도랑물 소리도
감자밭으로 가던 경운기 소리도

잠깐 들렀다 가고

흙 묻은 흰 고무신 한 켤레
종일 감자밭을 지키고 있다

신의 간식

아보카도는
하늘의 맛이다

세상을 굽어보시다가 저런, 저런
가슴이 탈 때마다 하나씩 드시던 신의 간식이다

방심하다 지상으로 떨어뜨린
이상한 씨앗 하나
인간들은 잽싸게 주워 싹을 틔우고 이름을 붙였다

이건 뭐지?
과육에서 버터 냄새가 나는데
달지도 않은 것이 참 오묘해!

담백하고 느끼한 이 맛은 신의 식탁에 오르던
하늘의 과일

인간들이 첫 아보카도를 놓고 고개를 갸웃거릴 때
신은 무어라고 하셨을까

\>

탁구공 크기의 둥근 씨앗

자로 잰 듯 완벽한 둥글

지구의 모형

구르는 것들의 상징

제발 싸우지 말고 둥글둥글 살라고

익어도 파란,

방심하면 그대로 맛이 가는

변덕스러운 사람처럼

설익은 사람들 너도나도 아보카도 흉내를 낸다

쯧쯧

하늘에서 혀 차는 소리 들린다

견딜 수 있는 동안

꽃이 꽃잎을 버리는 동안
내가 삼킨 바람을 조금씩 덜어 낸다
그때마다 왼쪽 가슴을 움켜쥔다
핏방울이 손바닥에 번진다

생일 촛불과 그 속에서 부풀었던
온갖 거짓 웃음과 온갖 허망한 시간들
손가락도 잘라 내야 하는데……

찰나에 목을 버리는 꽃들은 피를 흘리며 쓰러진다

그것은 무모한 일
한 잎 한 잎 다치지 않게, 들키지 않게
악착같이 그것들을 떼어 버려야 하는데

여전히 폰은 울지 않고 침묵한다
나는 먹구름처럼 가라앉는다
그곳에 두 귀를 걸어 둔 어리석은 시간이 각질처럼 붙
어 있고
먼 길까지 배웅을 나갔던 그 밤이 내 뒤를 따라온다

\>

설마 했던 것은 역시 틀리지 않는다

잠복한 후회를 들쑤신다 내성을 위해
면역력을 키운 슬픔을 뒤집는다
소란하다 다시, 심장을 움켜쥔다

지나온 시간은 증명되지 않는다
그는 나였고 나는 그보다 더한 그였으므로
한때 나 역시 그에게는 나보다 더한 나였다

바람이 꽃의 살점을 떼어 낸다
아무도 몰래 장미가 향기를 버리는 것을 목격했다
담장이 허물어지는 밤이다

사람보다 단호한 꽃의 결심을 내 심장에 이식한다

견디는 것은 잊는 것보다 더 지독하다

대청호

산이 내려앉자 대청호는 말없이 품을 늘린다

순간, 산은 잔물결로 찰랑이고
대청호는 물 맥박 뛰는 소리를 더욱 크게 내며
한 걸음 뒤로 물러선다

물에 기대어 살아가는 것들로
호수의 물 낯바닥이 반짝인다

산과 하늘이 수시로 내려앉는 건
호수가 깊은 속을 가졌다는 것
품이 참 넓다는 뜻

아름다운 침몰들을 바라보며
나도 그 속으로 침몰해 본다

그 계면界面에 앉아서
오래도록 고인 나의 울음을 엎질러 본다
쪼그려 앉으면 쪼그려 앉을수록 계면은
나를 더 깊이 안아 준다

＞

새며, 바람이며, 산이며, 구름이며
호수를 건너는 작은 발자국들이
발목이 빠질까 봐 윤슬로
재빨리 건너간다

그동안 나는 왜 발끝이 젖는 것을 두려워 했을까

이제 나도 너와 함께 주먹을 쥐고
한없이 찰랑이고 일렁여야 할 때
푸른 물 낮바닥으로 깊음을 향해
더욱 깊이 헤엄쳐 가야 할 때
헤엄쳐 들어가야 할 때

두려움도 어둠도 버려야 할 때

방향 없는 방향을 비로소 잡는다

저녁의 거처

날마다 어디론가 사라지는 저녁의 거처는 어딘가

한때는 무성한 숲이라고 생각했다
나뭇잎에 담긴 어둠이 번지고 번져
숲은 캄캄해지고
나뭇가지에 총총 매달린 별빛이 시들 때쯤
아침이 오는 것이라고 믿었다

노을이 한바탕 붉게 끓어올라 저녁을 불러 모으고
저녁은 검은 휘장을 들고
세상으로 걸어 나오는 것이라고

한동안 저녁을 오독했다
그런데, 저녁은 귀가하는 사람들의 옷자락을 붙잡고
함께 집으로 드는 것이었다

저녁상은 식어 가는데
아직 오지 못한 식구들을 걱정하며
늦도록 기다려 준다

\>

사람의 온기를 그리워하며 꿈속까지 함께 걸어가 주는
수많은 저녁들

소리 없이 스미는 어둠에
세상은 저녁의 품에 안겨 돌아가고
집이 없는 새들은 어둠을 덮고 잠이 든다

어떤 저녁은
바람에 흔들리며 잠들지 못하는 외로운 나무를 위해
스스로 산을 오르고

집집마다 불이 꺼져도
어둠은 집을 붙잡고 밤을 지새고 있다

빈 마당과 악수하다

비 그친 오후
빨랫줄에 매달린 빗방울이 반짝인다
나도 한때 저토록 반짝,
아름다웠던 때가 있었다

마당을 가로지른 빨랫줄에
하얗게 펄럭이던 기저귀들
고여 놓은 하늘이 파랗게 내려오곤 했다

마당이 키우던 소란스러움으로
칸나도 해바라기도 쑥쑥 자라났다

마중물을 붓던 바가지와
콸콸 쏟아지던 물소리

등목하던 아버지의 시원한 웃음소리와
깔깔 웃던 어머니 광목 앞치마의 펄럭임

마당가 펌프는 늘 수다스러웠다

>

바지랑대 끝에 쉬어 가던 잠자리의 날개를
품어 주던 마당은
그 여름날을 아직 기억하고 있을까

장독대 항아리엔 곰삭은 시간만 가득하고
바람에 옆구리를 받힌 살구나무는
담 쪽으로 점점 기운다

운이 바닥나 잡초가 차지한 마당
굳은 표정을 살피며
발끝 든 민들레가 폴폴 씨를 날리고 있다

강변에서의 하루

건너편 강변에 늘어선 벚나무를 따라 봄빛이 환하게 번
지고 있다

하룻밤 사이
봄은 얼마나 멀리 달려가 버렸는지 뒷모습만 아득하다

모래밭에 앉아 막 눈을 뜨기 시작하는 갯버들의 머리를
쓰다듬어 준다
봄볕에 파랗게 살이 오른 강물의 속살

여기 어디쯤,
물소리 들리는 곳에 외할머니의 할머니가 살던 옛집이
있었을 것이다

머슴도 몇 딸린 아름 기둥 집에서 자랐다는 외할머니
애기씨, 애기씨 하며 어린 주인을 업어 주었다는 그 투박
한 머슴의 목소리도
앞마당 매화나무 가지에 꽂혀 있을 것이다

섬진강 물을 먹고 한 일가를 버젓이 이룬

외할머니의 연혁은 나의 자랑이었다

경대 앞에 앉아 참빗으로 가르마를 타던 단정한 매무새며
댓돌 위 가지런한 흰 고무신들
문득, 사무쳐 모래밭을 달려 본다

매화꽃 같은 아련한 기억은 아직도 오래전부터 이곳에
머물러 있다

강변에 발자국을 남기며 서성거리던 그 시간은
돌아오지 않는 이름처럼 쓸쓸한 일이었지만,

맑은 강물에 손바닥을 적신다
안온의 기억이 강변을 따라 달리고 있다

우물

향나무가 구부정 우물을 들여다보고 있다

어릴 땐 까치발로 들여다보고
여름엔
두레박을 타고
어두운 우물로 곤두박질치기도 했다

들여다볼수록 등이 굽고
휘어진 가지엔 새도 깃들지 못하는데
귀먹고 눈도 침침한
제 그림자를 건지려는 것인가

바닥처럼 마른 소문과
왁자한 웃음들이 떠나 버린 우물
출렁출렁 돌벽에 머리를 박아 대던
이끼의 시간은 어디로 갔다

별도 뜨지 않은 우물
두레박으로 퍼 올리던 구름과 달은
이제 우물을 피해 달아나고

곁을 지키는 것은 향나무뿐이다

빈 곳의 중심인

둥그런

허공 하나

한 평의 등기도 없이 무허가로 늙어 간다

물방울이 무겁다

노老교수님께서
황토 항아리를 하나 가져오셨다
항아리 물속에
작은 수련 하나 심겨 있다 하셨다
아무리 들여다봐도
내 눈엔 흙탕물뿐
다음 날, 그 다음 날도
연잎 한 장 보이지 않았다
며칠 뒤 항아리가 갑자기
아기 손바닥 같은 연잎을 밀어 올렸다
부처님의 손바닥은 아직 멀다고
자줏빛 수련은 아직 멀다고
꽃 피지 않은 시간만 찰랑거렸다

비 갠 오후
연잎에 물방울 하나 구른다

품지 못해 발등으로 떨어진

물방울

>

물방울 하나가 우주보다 무겁다

저무는 들녘

층층 저 계단 속에
엎드린 등 하나 보입니다
산등성이 달라붙은 저 다랑이 논처럼
아버지 평생 저곳에 엎드려 살았습니다

위아래 어깨를 맞댄
구불구불 논두렁 계단을 건너가는
당신의 발소리를 먹고
들꽃도 키가 자랐습니다
농사는
하늘과 사람이 함께 짓는 거라던 아버지
뙤약볕에 목이 타는 천수답에
가슴도 타들어 갔습니다

산비탈 한 자 일구면
다랑이 논 닮은 주름 하나씩 늘고
고단한 하루로 어깨가 기울었습니다

뻐꾹채가 피는 계절
참방참방 장딴지 적시던 그 물소리 들리지 않는다고

뻐꾸기 울음만 앞산을 넘어옵니다

산 그림자가 마을까지 내려와도
이제 저물어 버린 당신은
돌아오지 않습니다

저 비탈진 다랑이 논
뙤약볕에 종일 엎드린 등 하나 있습니다

백일홍

살구나무는 무너진 담 쪽으로 한껏 휘어졌다
바람에 옆구리를 받힌 가지에 꽃들은 앉아 있고
나무가 골똘한 생각에 잠기는 동안
봄은 모른 척 건너갔다

백 일을 잘 살고 가는 꽃에게 물을 준다
화분 주위로 심호흡 낮게 깐 어둠들이 몰려든다

채묵彩墨의 색을 품고서도
백일홍은 늘 조용하다

안에서는 밖을 생각하고 밖에서는 먼 곳을 더듬고 있다
그러니, 나는 당신을 모르는 게 맞습니다*

떠난 마음을 붙잡고 애원했던 그 시간이 비참해
나는 몇 번이나 무너졌다
백일홍에 물을 주면 나도 백 일까진 살까
살 수 있을까

천 갈래 잎 속에 백 일의 삶을 감추고

오늘도 무너져 내리고 있는
나의 백일홍

* 이규리의 「제라늄」에서 인용.

칡꽃

것대산 봉화대 오르는 길

칡넝쿨이 굽은 소나무를 친친 감고 있다
평생을
바닥을 기면서는 살 수 없다고
높은 곳에
똬리를 틀었다

억센 손아귀에 붙잡힌
두 사람의 위험한 동거는
언제부터 시작되었을까

척추가 물러 기댈 자리 찾다가
소나무를 타고 올라가
한 살림 걸쭉하게 차린
저 위독한 사랑

허공의 소맷귀를 붙잡기 위해
진보라색 꽃으로 구애를 하지만
소나무는 끝내 숨이 막힌다

\>

불편한 동거를 위로해 주기 위해
칡꽃은 소나무에게
작은 손톱을 내민다

손톱 향기에

소나무가 비로소

숨통을 연다

빈 의자

누군가 길가에 버린 나무 의자
녹슨 못이 삐걱, 다리를 붙잡고 있다
지나가던 빗방울이
후드득 피운 물꽃을 바람이 금세 거두어 가고
구름 속에서 쭈뼛대던 햇살 한 줌 슬며시 다가와
의자에 조심히 걸터앉는다
곁에서 지켜보던 붉나무
햇살의 무릎에 이파리 한 장 팔랑 내려놓는다
고욤나무 가지에 딱새 한 마리
잘 익은 노래 한 소절 가지에 걸어 두고
한가한 오후의 풍경을 바라본다
마른 잎 매단 칡넝쿨 긴 그림자
바람이 등을 밀어 앉히려는데
금수산 다녀오던 등산객이
무거운 엉덩이를 털썩, 올려놓는다
화들짝 눌린 햇살 한 줌
이파리 한 장도 같이 뭉개진다
기웃대던 딱새가 푸드덕 날아가고
고욤나무가 휘청,
의자가 끙, 앓는 소리를 낸다

38

제2부 사라진 시간

소쇄원*을 거닐다

이곳 어디쯤 바람의 창고가 있을 것이다
부지런한 창고지기는 대숲의 빗장을 풀고
온 마을이 천 년을 퍼다 써도 마르지 않을 바람을 아침 정
수리로 쏟아붓는다

눈 뜨고 귀를 열고 바람을 보고 듣는다
오래전 이곳에 살던 사람도 바람의 말을 받아 적었으리
세상이 파도처럼 한바탕 끓어오를 때
울분도 이 숲에 묻어 두고
저 뿌리 깊은 나무에 기대
풍진 세상 건넜으리라

또 한 차례 바람 창고가 열리는지 바람이 구휼미처럼 하
얗게 쏟아진다
마음이 주린 나는
두 손을 들고 환호한다
솨솨솨―
댓잎들이 뒤로 무너지고
한 발짝 물러선 대숲이 금세 제자리로 돌아온다

>
저 무수한 흔들림
한 칸 한 칸 비우며 허공을 채워 나간 대숲의 비책은
저 깊은 땅속에 묻혀 있어
흔들리면서 결코 흔들리지 않는다

댓잎처럼 푸르고 싶어
한 줌 바람으로 세수를 하고 신발을 벗고 하냥 걷는다
입술에 닿아도 부끄럽지 않은 소쇄원 바람이다
무슨 말을 내뱉어도 다 씻겨 줄 맑음이다
정직한 창고지기는 일생 동안 늘 쓸 만큼만 바람을 나
눠 준다

• 소쇄원: 전남 담양군 남면 소쇄원길17에 있다.

이장里長을 뽑습니다
—대치리 느티나무*

동네 사람들이
대치리 늙은 느티나무를 이장으로 뽑자고 했다

입이 얼마나 무거운지 믿을 만하다는 것이다
한재초등학교 동문들의 가정사는 물론
건넛마을 대소사까지 환히 꿰는 그
대치리 통틀어도 이만한 인물이 없다고
운동장 가득 공짜로 내놓는 그의 그늘 인심을 봐도
이장으로 딱이라는 것이다

뿌리가 얼마나 깊은지 웬만한 말에도 넘어가지 않고
  배나무집 할아버지의 할아버지, 감나무집 할머니의 할
머니까지
  흉년에 굶어 죽은 떠돌이 거지며
  엿장수 가위질 소리까지 세고 있어 동네 내력엔 환하다
는 것이다
  게다가 월급도 안 받고 한 해 두어 통 막걸리면 족하다니
  그보다 더 좋을 수 있느냐고

  재개발 바람에 미쳐 선산이며 무덤까지 파헤쳐 팔아먹고

야반도주할 처지도 못 되니 안심이라고
한자리에 터 잡은 지 수백 년인데 어딜 가겠느냐고
이제 사람은 영 못 믿겠다고

동네 사람들 느티나무 그늘에 모여 앉아
이장 투표에 열을 올리는데

늙은 느티나무 당최 무슨 소린지
귀가 먹어 알아듣지 못한다고
툭툭,
투표용지처럼 잎사귀 떨어뜨린다

* 대치리 느티나무: 담양군 대전면 대치리 787-1에 있는 한재초등학교
  느티나무로 천연기념물 제284호다.

사라진 시간
—담양 남산리 오층석탑* 앞에서

사라진 시간을 만나러 간다

수많은 그림자가 들판을 건너갔지만
그 자린 지금 누가 지키고 있을까

두터운 업장을 두르고 한자리에서
발목이 빠지도록 늙어 버린 오 층 석탑

매미울음이 허리를 휘감던 뜨거운 시간도 달아나고
귀뚜리 울음도 서늘하게 식었다

몸에 핀 돌꽃
햇살과 바람을 품고
돌이 꽃을 피운 시간은 얼마나 될까

세상의 기도를 듣고
탑돌이하던 발자국들 황토빛으로 단단하다

폐사지 오 층 석탑 위
까마귀 한 마리 설법을 하다가

독경讀經을 하다가

푸드덕, 공空으로 허공을 박차고 오른다

* 남산리 오층석탑: 전남 담양군 남산리에 있는 석탑으로, 고려 시대
에 건립된 화강 석제 석탑이다. 보물 제596호.

45

명옥헌* 자미화

꽃들이 모이니
지상은 천상으로 변해 꿈속에서 보았던 세상이었네
세상의 햇살은 모두 이곳에서 꽃이 되고
명옥헌 물소리는
은쟁반 위 옥구슬이 되어 귓속에 자리 잡고
계곡물은 붉게 피어
어느 유역을 경유하고 있었네

잠시 꽃그늘 아래 앉아
떠난 사람 불러와
무덤에 묻어 둔 말 꺼내도 좋겠네

강을 건너와
오후의 머리를 쓰다듬는 바람이여,
꽃들이 요절해서 다시 봄이 되는 거라고 말하지 말게
꽃그늘에 발목이 빠져
한 발도 걷지 못할지라도

일시에 터진 꽃의 말문이 어지럽네
두 손으로 귀를 막으니

마지막 말이 손수건에 얼룩지네
가슴에 찍힌 붉은 눈물의 화인 때문에
나는 더 이상 오래 견디지 못할 것이네

이토록 눈부신 것들이 떠나고 나면
나무에게 사나흘 조문이나 하고
나무 그늘에 홀로 앉아
나 깊이 앓을 것이네

치마를 걷어 든 자미화가
연못 속으로 잔잔히 걸어 들어가네

* 명옥헌: 담양군 고서면 후산길에 있는 정자. 계곡에 흐르는 물소리
  가 은쟁반에 옥구슬 굴러가는 소리와 같다 하여 명옥헌이라 했다.

죽녹원*에 들다

푸른 근육들이 하늘길을 오른다

마디마디 매듭을 딛고 일어서서
하늘을 끌어당긴다

거센 바람에 일렁여도
쓰러지지 않는 뿌리들
어둠을 몇 바퀴나 돌아 나와
허공의 지도 한 장 얻었을까

바람의 방향대로 허리를 숙였다가
다시 일어선다

죽녹원 저 푸른 일렁임 속으로 들어가면
살얼음판을 걸었던 아버지의 시간이
칸칸이 고여 있다

고비마다 마디가 되어 준 간이역이 있었다

바람을 헤치며 쉬지 않고 솟아오르는 대나무들

하늘과 땅의 거리가 좁혀진다

평생 외길을 걸었던 아버지는
청청한 대숲이었다

가슴 한편이 아려 온다
내 속 마디에 오늘도 마디로 살아 계시는 아버지

* 죽녹원: 전라남도 담양군 담양읍 향교리에 있다.

불의 혓바닥을 찾아서
―담양 가마골 용소*에서

불의 혓바닥을 보러
가마골에 갔네

물속의 용을 보러
가마골 용소에 갔네

용은 어디 있는가
용은 어디로 숨었는가

절벽 아래서 까치발을 들고
나는 용소에게 물었네
용소는 대답 대신
하얀 포말로 나를 감쌌네

문득 가마터의 불길이
혀를 날름거리고 있었네
불의 혓바닥을 날름거리며
용처럼 솟아오르고 있었네

용은 사라졌지만

몸이 뒤틀린 소나무도
입술 붉은 철쭉도
옛날 그대로 있었네

긴 용 한 마리
영산강으로 흐르고 있었네
용을 따라 나도
영산강 긴 물길로 흐르고 있었네

* 가마골 용소: 담양군 용면 용소길 261에 있다. 가마터가 많아서 붙
  여진 이름으로 용의 조각상이 있다.

낙지가樂志歌*

팔작지붕 위 달은
밤 깊도록 떠나지 못하고 재실을 지키고 있네

모반에 연루돼 세상천지 홀로일 때
대숲을 건너온 바람도 함께 잠들지 못했네

담양의 달빛은 맑디맑아 그 슬픔 환히 보는데
어디에 속 깊은 다짐을 접어 두었을까

얼룩진 운명의 끈 풀지 못하여
지샌 밤은 또 얼마일까

유배의 쓰라린 기억을 말리는 동안
그림자 하나에 기대어
애끊는 심정 하나 이곳을 서성이네

재실을 도는 동안
바람 소리도 그의 소맷자락 스치는 소리 같아 차마 듣지
못하겠네

>

솟을대문처럼 발돋움한 그리운 마음
꿈속을 날아서라도 한강을 건너고 싶었던 마음
그 애절함만 노래로 남아
대나무 숲에서 나부끼고 있네

태평성대가 오기만을 간절히 기다리며
견디었을 14년
자기를 닦아 남을 다스린다는
낙지가의 가사가 생시처럼 들려오네

유배가 풀려서도 가지 못한 그의 뼈를
담양은 고이 받아 주었네

오늘 밤도 몽한각**만 홀로 서서
북쪽 달그림자를 그리워하고 있네

* 조선 중종 때 이서李緒가 지은 담양권 최초의 가사歌辭.
** 몽한각: 전라남도 담양군 대덕면에 있는 이서의 재실이다. 이서는
 1507년 창평으로 유배되었다가 1520년에 풀려났으나 귀경하지 않고
 대덕면에서 일생을 마쳤다.

단풍 강물
—관방제림*에서

담양에 가면
단풍 강물이 있다

가을이면 강물이
붉게 단풍 든다 해서
단풍 강물이다

해마다 나도 단풍 들기 위해
단풍 강물에 간다

그때마다 나는 관노官奴들이 씻고 있는 것을 본다
제방을 쌓느라
하루 종일 쌓인 피로를 피처럼 씻고 있는
그들을 본다

그때마다 단풍 강물에 단풍이
얼마나 더 많이 들던지
그때마다
제방의 구름도 눕고
바람도 눕고

돌벽도 눕고
푸조나무도 누워
단풍 강물로 흘러가던 것을

단풍 강물에 오면
400살이 되었어도 나는
늙어 가는 것이 조금도 서럽지 않다

오늘도 나는 단풍 강물에서
단풍처럼
강물에 흠뻑 젖고 있다

* 관방제림: 담양천에 있는 방제림으로 천연기념물 제66호이다.

하심당*에서

부릴 마음이 따로 있던가

메타세쿼이아 길에 반쯤 날리고
광풍각 적요에 또 날리고
죽녹원 대나무 푸른 정기에 다시 한번 날리고

이제 내려놓을 마음 자락도 없다고 했는데

150년 한옥 기둥에 묶인 시간에 숨었던 마음이
명주실처럼 솔솔 풀린다

토방으로 쌓아 올린 돌 사이
해마다 새가 날아와 집을 짓는 곳
400년 종갓집 제주인 매화 향 은은한 석탄주 한 잔
차마 아까워 삼킬 수 없다는
오래 묵힌 술에 마음도 정갈해지네

세상 가장 낮은 곳에서 바다가 강물을 품어 안듯이
이곳에서는 하심下心, 하심
마음을 비우고

무거운 나를 내려놓으라네

별빛 스며든 한옥에서 되짚어 본
바깥의 삶이 낯설어
나는 내 그림자를 지우며
쌍매 향기에 잔뜩 취해 보네

서로 달라 밀어냈던 것들도
이제 사랑으로 껴안으라고

400년 고목 홍매화 뿌리는 아기 매화를 내밀고
100년 박달나무와 80년 푸조나무는
연리목이 되어 서 있네

* 하심당: 150년 묵은 고택. 전라남도 담양군 창평면 화양길 79-14에
 있다.

죽림재*를 차경借景하다

어느 여인의 몸에서 도편수는 곡선으로 휜 처마 선을 빌려 왔을까

홑처마 팔작지붕
툇마루에 앉아 바라보는 죽림재의 여름은
배롱나무 그늘마저 붉다

배롱나무는 배는 여인처럼 곱고
둘러선 회화나무는 남정네처럼 듬직하다

열린 마루문 사이로
대숲과 황토 기와 담장 한 폭이 액자처럼 걸려 있다

차경借景이다
풍경을 그대로 빌려 쓰는 중이다

글 읽는 소리에 귀가 트인 어느 날
이곳을 사모하여 황토 돌담 길을 따라 걷는데
학동들 웃음소리가 하루 종일 발자국을 따라다녔다

>

도포 자락 소리에 대문이 열리고
글 읽는 소리가 들판을 다 채웠을 취사당聚斯堂에
올해도 매미들이 날아와 뜨거운 여름을 읽고 있다

목련 나무에서 수런대던 흰 새들은 날아가고
돌담 뒤 홍매화가 꽃비로 내려앉는다

봄날은 갔어도

팔월의 그늘은 점점 깊어

흰 구름도 사당 옆으로 기울어진다

* 죽림재: 전라남도 담양군 고서면 잣정길 88-7에 있는 정자로서, 전
라남도 기념물 제99호이다.

일가를 이루다
—병풍산*에서

길섶 각시붓꽃 곁에
봄볕을 등에 진 할미꽃
며느리 닮은 각시붓꽃을 애틋하게 바라본다
이 숲에 엎드려 일가를 이루고
서로 병풍이 되어 살아가고 있다

고요한 숲길, 나무 숨소리가 들린다
숲의 박동이 공중으로 퍼져 간다
새들은 이 나무에서 저 나무로
봄볕을 퍼 나르고
빈 나뭇가지마다
어둠을 건너온 이야기가 연둣빛으로 걸려 있다

봄이 겨우내 준비한
눈부신 시작을 헤아리며 산길을 오르는데
새소리 지나간 자리에
늠늠한 아버지 상수리나무로 서 계시고
바위틈 작달막한 어머니
진달래꽃 환한 얼굴로 반긴다

>
힘차게 맥박이 뛰는 병풍산
금학봉 천정봉 깃대봉 신선봉 투구봉
기암의 봉우리들이
진경으로 둘러서 있다

정상에 도착하니
나주평야가 한눈에 달려든다

사는 것 별것 아니니
속 끓이지 말고 살라던 병풍 같은 어머니
먼 길 떠난 이름은 여태 돌아오지 않고

산 넘어간 메아리만 빈손으로 되돌아온다

* 병풍산: 전라남도 담양군 수북면에 있는 822m의 산으로, 산세가 병
  풍을 두른 것처럼 생겼다 해서 병풍산이다.

그늘과 키
—메타세쿼이아 길*에서

길이 그늘이 되고
그늘이 길이 되는 길

키가 길이 되고
길이 키가 되는 길

키는 사람의 일
그늘은 나무의 일

두 그늘이 만나
한 그늘이 되고

두 키가 만나
한 키가 되는 곳

담양
메타세쿼이아 길

이곳에 그늘을 감춘 이 누구인가
이곳에 키를 심은 이 누구인가

\>

저 직선의 그늘을 향해
저 소실점을 향해

이곳에 오면 무릎을 꿇고 앉아
모두에게 경배하고 싶어진다

---

* 메타세쿼이아 길: 전라남도 담양군 담양읍 학동리에 있다.

동자승
―용화사*에서

칠성각 앞마당에서
동자승이 도토리알로 공기놀이를 한다

공중으로 던져 올린 도토리 한 알이
바닥에 닿기 전
재빨리 땅바닥 도토리를 쓸어 담는다

그 작은 주먹으로
하늘과 땅을 움켜쥔 찰나
얼굴에 넓은 미소가 번진다

놓치면 안 되는 사랑처럼
용화사가
동자승을 꽉 껴안고 있다

부모 대신 부처님 품에 꼭 안긴 어린 생

앙증맞은 까까머리를
병풍산 갈바람이 쓰다듬으며 지나간다

>
산중의 말씀과 마주 앉아
도토리를 집다 보니
제멋대로 굴러가는 세상사보다
한 알씩만 손에 넣는 이윤 없는 진리가
왜 이곳인지 알 것 같다

손등에서 떨어진 도토리알을 넘겨 주는
해맑은 얼굴

오늘도 새벽 예불 시간에 천수경을 외다
졸던 동자승
죽비 소리보다 졸음이 더 무섭겠다

용화사 범종 소리가 동자승 손등에 다시 도토리 경전을
올린다

새벽 경전 읽는 소리가 맑다

• 용화사: 전라남도 담양군 담양읍 남촌길 77에 있다.

창평 오일장*

각설이 공연에 어깨가 들썩인다
흥이 오른 장터 국밥집
가마솥이 펄펄 끓는다
잔마다 토속주가 넘실댄다

비닐봉지마다
죽순, 참두릅, 엄나무 순, 고사리
산을 통째로 끌어와
좌판을 펼친
할머니들의 장날

죽부인, 대나무 방석, 참빗, 효자손, 안마봉
대숲 바람 가득한 담양이
파란 얼굴을 내민다

대나무 방석 하나 집어 드니
얇게 저민 대나무 살은 부러지지 않는다는 중년 남자
손수 엮은 방석을 자식 자랑처럼 늘어놓는다

그가 눌러쓴 대나무 모자 사이로 언뜻

그리운 얼굴 하나 스쳐 간다

대숲 울음이 들리던 대청마루
죽순처럼 둘러앉은 어린 자식들에게
앉으나 서나 걸을 때나 인사할 때나
바른 자세를 가르치던 아버지

휘청휘청 흔들리던 무게는
아버지의 잔소리로 항상 중심을 잡았다

창평 오일장 날
저만큼 앞서가는 아버지의 곧은 등이 보인다

* 창평 오일장: 매월 5일, 10일에 열린다.

프로방스*를 아시나요

바람 얇은 담양에 오면
햇살이 창을 넘어가는 카페가 있고
푹신한 침대와
추억을 파는 상점이 있다

거리에 하나둘 불빛이 켜지면
이곳은 돌연 이국의 거리
지상에서 가장 행복한 시간이 손을 내민다

멀고 먼 프로방스
어디선가 본 듯한 그리운 풍경이 다가오고
나는 잠시 멈춰 서서
오래전에 주머니에 담아 둔 비밀을 뒤적인다

먼 곳으로 흘러갔던 시간들
그립고 아름다운 것들
것들이, 부메랑처럼 되돌아오는 곳

빵 한 접시의 기쁨과
녹는 미소 한 조각으로

까닭 없이 달콤해진다

밤새 길을 잃고 떠돌고 싶어
무작정 걷는데
자욱한 안개도 프로방스형으로 피어오른다

프로방스
프로방스

이곳에 오면 누구라도 다시 사랑하고 싶어진다
누구라도 다 용서해 주고 싶어진다

* 프로방스: 담양읍 메타프로방스1길에 조성된 쇼핑 타운이다.

매산리 소나무*

굽이굽이 영산강 긴 노래를
매산리 소나무는 어디에 보관했을까

솔잎에 감춘 채
속엣말 한번 들려주지 않는다

나는 소나무의 말을 엿들으려고
솔잎에 귀를 갖다 댄다

거친 소나무 껍질이
바느질로 지새던 어머니의 밤 같다
어머니의 바늘 같다

우리 일곱 남매
그 바늘 끝에
솔방울처럼 주렁주렁 매달렸지
바느질에 해진 골무처럼
어머니의 검지손가락
생솔가지보다 더 매서웠지

>
몸에 몸의 역사를 새긴 매산리 노거수
검은 옹이에
어머니의 힘줄이 울퉁불퉁 꿈틀거린다

• 매산리 소나무: 몽한각 둘레에 심김. 풍치림 중 살아남은 소나무 2주
　중 하나다.

미암박물관*에서

500년 느티나무가 고서古書로 꽂혀 있다

조심스레 문을 여니
누대가 눈길을 끌어당긴다

시공을 넘어
목판의 활자들이 유리 속에서 두루마리 눈을 반짝인다

미암 유희춘
한 번도 만나 보지 못하고
한 번도 살아 보지 못한 그의 시간으로 초대되어
그 앞에 마주 앉는다

그가 책장을 펼친다
아내와 주고 받은 편지를 나직이 읽어 준다
열한 권의 일기
11년의 행적이 또렷하다

한 여인의 평범한 지아비가 걸어 나오고
아이들의 아버지가 다정히 걸어 나온다

>

미암박물관 묵은 일기장에서 걸어 나와

오늘은 그가 나를 만나고 있다

* 미암박물관: 전남 담양군 대덕면 장동길 76에 있는 박물관.

제3부 둥근 악보

달의 싹

시간을 죽여야
달은 살아난다

양 끝
뾰족한 모서리가 두툼해지도록
달력에
붉은 동그라미를 그린다

달의 싹이 돋는다

누군가 달의 싹을
미인의 눈썹이라 했지만
다섯 달 전에 밀어 버린 내 눈썹은
아직도 자라지 않았다

검은 달이 세상으로 내려왔다고
흉흉한 소문이 떠돌고
이지러진 달의 모서리에 찍힌
세상이 비틀거린다

>

마스크도 없이
먼바다를 건너오는 매운 연기들
TV 속 검은 풍경에 눈이 아프다

달의 싹 하나 공중에 심어 놓고
천천히 살이 오르도록
나는 달에게 시간을 부어 준다

악몽을 꾸다가 창문을 연다

벌레 먹혀
구멍 숭숭한 달이 걸려 있다

싹을 지켜야 하는데
싹을 지켜 줘야 하는데

마스크를 씌워 주어야 하는데

달이 기침을 하기 시작한다

>

수천수만 명이 검은 연기를 타고 밤하늘로 올라간다

아직, 달의 싹은 움트지도 않았는데

둥근 악보

얼마나 먼 길을 걸어왔을까
우듬지로 퍼 올린 파문이 겹겹이다

시간은 촘촘하고
봄의 행간은 느슨하다

하늘과 새들의 심장 소리를
돌돌 말아
품에 안은 흔적

어둠을 돌며
한 줄 한 줄 박힌
초리 끝까지 오르내린 길은
아버지의 주름을 닮았다

한자리에 박혀
시간을 따라 떠돌던 발자국들
해를 따라 드나든 길은
영원히 닿지 못할 길이었다

>
잎으로 밀어낸 수많은 언어들을
우리는
그늘이라고 읽었다

나무는 죽어서야 제 나이를 보여 준다

그리다 만
미완성의 둥근 악보를 보여 준다

저녁의 방향

먼 산등성이로
해가 넘어간다

그사이, 일찍 집을 나선 새벽이 늙어
서쪽 하늘에 붉은 발자국을 찍으며
집으로 가고 있다

지친 몸을 흔들리는 허공에 묶고 꾸벅꾸벅 졸거나
휴대폰에 코를 박고 앉거나 서 있어도

참, 좋구나 저녁이란 말
퇴근이란 말

각자의 아침을 매고 나온 사람들
빌딩 숲 어디쯤 짐을 부려 놓고 오는 것일까
미로를 헤매고 먼 길에 절뚝이며
출구를 찾던 하루가 묵묵히 마스크 속에
입을 숨기고 말을 삼켜도

집이 다가올수록, 숨이 트인다

>

차창을 넘어온 금속성의 날카로운 바퀴 소리도 귀에 걸치고
금세 겉잠이 드는 도시의 유목민들
따끈한 밥상과
어딘가에 발 뻗고 잘 방 한 칸이 있기에
모두 연어 떼가 되어
오던 길 거슬러 가는 중이다

이내 멀어지거나 우르르 다가오는 낯선 얼굴들
저녁이면 승차해 모두 한 방향으로 달린다

역에 닿을 때마다 어둠은 조금씩 더 짙어진다

멀거나 가깝거나
모든 저녁은 기다림을 향해 저물어 간다

나무는 중얼거리지 않는다

한자리에 오래 버틴 나무들
한 채의 사원이다

그 많은 바람의 말에 귀를 열고
묵묵한 수행으로 온몸에 기록한 햇살의 경전
그 집을 열고 들어가면
제자리에서 맴돈 흔적이 있다

뱃살 두둑이 쟁여 둔 수많은 계절은
어둠 속 하늘에 창을 낸 시간이다

잎잎이 적어 둔 말씀을 물고 허공으로 길을 낸 나무들
새들의 노래도 가만히 들어 보면 모두
하늘로 날아가 구름이 된다

점점 유물이 되어 가는 나무들
오랜 사원에서 휘파람 소리가 난다

너른 품에 안기며 걷는 사람들
나무 대신 말을 하고 알 수 없는 나무의 나이를 가늠한다

>

다른 시간의 바람이 흔들고 지나가도

묵묵부답, 오직 기다릴 뿐

나무는 기억을 중얼거리지 않는다

둥지 튼 새가 날아간 뒤, 침묵으로, 나무는 다시 새를 기
다린다

깃털보다 많은 잎을 내밀고

이기적인 커피

당신을 포기했어요
혀를 길들인 단짠은
간신배들의 혀끝에서 나온 위험한 맛
쓴맛은 충신들의 혀끝에서 나오지요

당신은 아침마다 거울 앞에 섭니다
입이 없는 거울은 가장 정직한 맛
코르셋으로 친친 조이는 건
설탕에 설탕을 뿌리는 것과 같아요

호흡을 무시한 이기적인 맛이지요

코빼기도 보이지 않는
왕을 만나려 헬스장에 가는 당신은 어리석어요
날마다 기름진 혀는
두꺼운 뱃살에 숨어 버린 '왕王'을 잊은 지 오래

병상의 늙은 어머니는 당신을 맛보고 싶어 하는데
한 번도 당신을 차려 준 적은 없지요
전화로 묻는 안부는 늘 당신 편

어긋난 하루는 날마다
달력에 동그라미로 남습니다

커피포트에 물을 끓이고
혈당을 걱정하면서도
당신은 입맛을 무시한 이기적인 커피*를 뿌리칩니다

홀어머니에게
당신이 가장 이기적이듯

당신 쪽으로 기운 하루가 종일 당신을 편애합니다

* 이기적인 커피: 프렌치 카페 커피믹스. 당을 획기적으로 감량한 이기
적인 커피.

감자들의 봄

참 눈치가 빠르다
게으른 종이 상자 안에 갇혀서도
봄의 걸음 소리를 알아채다니

베란다 창문을 기웃거리던 봄이 하품을 하기도 전에
닫힌 상자가 들썩거린다

살아 있는 가물치를 뜨거운 솥에 넣고 뚜껑을 닫았을 때
쿵, 쿵, 치받던 소리처럼
간절한 힘이 상자를 이리저리 들이박는 것이다

묵은 감자들, 겨우내 짓눌린 숨을 일시에 내뱉는다
뿔처럼 생긴 눈이 파랗다

마침내 칼날에 도려지는 성급한 눈들
안간힘으로 빛을 내밀던 눈이 독이었다니,

하나하나 눈이 사라지고
실명의 밤이 깊어지면

>
감자의 온몸은 귀로 변해
읽지 못한 봄을 들어야 한다

까막눈 옆집 할머니
침 묻혀 손자에게 배우던 삐뚤 글씨는
눈치로 쓴 글이 절반이었다

흙냄새를 기억하는 감자는
쪼글쪼글 제 피를 말리며
파란 눈을 다시 지어 악착같이 내밀 것이다

근질거리는 몸속의 봄을 기어이, 꺼내기 위해

모감주나무 일기

요양원 창가
아침 햇살이 먼저 안부를 살핀다

마른 눈동자로 허공만 우두커니 움켜쥔 할머니의 이마를
창문 넘어온 햇살이 잠깐 데우고 사라진다

머리맡의 라디오가 세상의 모든 웃음을 쏟아 놓지만
꼭 다문 입술, 종일 천장만 읽으며
깊은 사유思惟만 하고 있다

앙상한 손과 발
이별의 경계에서 두 귀만 소리의 끈을 잡고 있다

하늘과 땅을 쓸어 담던 귀
누군가를 위해 바친 시간의 암나사가 풀리고
귀마저 세상 밖으로 버려졌다

자음이 사라지고 모음이 멈춰 버린 할머니의 몸은
소리보다 먼저 가라앉아 버렸다

\>

아들이 귀에 대고 엄마를 부르자
꼭 감은 눈가로 대답 대신 눈물을 흘린다

바람이 불 때마다 요양원 침대들이 귀를 쫑긋거린다
모감주나무도 푸른 귀를 기울인다

재첩국

그 작은 조개들
하동과 광양을 휘감고 흘러온 섬진강 기운을 먹고
억수로 힘이 세다
하룻밤 사이 3대손을 본다는 그 징한 재첩

재첩국 한 그릇에도
그 안에 꿈틀거리는 생명력이 한 말이다
뽀얗게 토해 낸 강물의 기운을 먹고
줄줄이 아이를 낳고
너끈히 논밭을 갈아엎던 장딴지들

옆집 아저씨 술독에 찌든 얼굴도
멀쩡히 되돌려 놓았다

골목골목 다니며 재첩국을 팔던 아주머니
섬진강은 아무리 퍼 날라도 마르지 않아
기울어 가던 집도 기어이 일으켰다

끼니가 되어 주던 그 작은 것들
가난한 이웃들의 얼굴이다

출렁이는 역사의 격랑을 건너며
섬진강을 지켜 낸 뚝심이다
어찌 한낱 갱조개라고 부르랴

재첩국을 먹는다
할머니가 끓여 주던 재첩국에는 그런 슬픔이 담겨 있다

병석에 누워
섬진강을 찾던 할아버지

개운한 재첩국 한 사발 먹어 보면 좋겠다는 마지막 말씀이
아직도 섬진강 물 되어 흐른다

암 병동에서

언제부터 소리의 길이 끊어졌는가
길을 탐색하던 의사는 끝내 소리를 잇지 못한다

어딘가에 떨어뜨린 단추처럼
지난 시간을 분실하고
여미지 못한 마음의 틈으로 찬바람이 파고든다

벚나무 앞에 앉아 봄의 뒤통수만 바라보다
여름의 발소리를 듣지 못해
조금씩 걸음이 비틀거렸다

고요를 품은 허공은 누구의 몸인가
함부로 쓴 몸에게 무슨 말을 건네야 하나

바람도 소리를 가라앉혀 읽어야 할
눈가가 축축하다

입은 소리의 출구

내 몸의 EXIT

＞

달싹이는 저 출구를 나는 무엇으로 해독해야 할 것인가

미호강 변

저무는 강변에서 강물을 바라본다
멀리서 온 강은 어디로 가는가

뾰족하고 뭉툭한 돌의 얼굴을 쓰다듬으며 흘러가는
저 부드러운 것들

앞길을 가로막는 바위를
돌고 돌며 다시 쓰다듬는다

찢어지고 갈라져도
무엇이든 어루만지며 위로할 때

물의 손바닥엔
나비 무늬가 옮겨 붙고
물새 발자국도 새겨진다

손가락이 휘도록 구불구불 쓰다듬는 저 강을
나는 나라고 써 놓고 사랑이라 읽는다

지평선이 해를 놓기 전

목을 축인 새들이 노을을 물고
둥지로 돌아간다

강이 어루만진 날갯죽지가 촉촉하다

정확한 약속

느리고 느린 약속이 있다
그러나 정확한 약속이 있다

내가 잠잘 때도 그는 깨어 있다
그가 일하는 모습을 한 번도 본 적은 없지만
달포 뒤면 슬쩍 두 귀를 덮는 약속

나는 그의 말을 알아듣는다

쉬지 않는 노동은 그의 유일한 습관
아무 대가도 없이 일하는 그에게 오늘은 지압용 빗 하나
를 선물한다
머리핀을 꽂을 나이는 지났다

하얀 뿌리들,
당기면 비명을 지르지만 싹둑 자르면 아무 대꾸도 못 하
는 것들
그러니까 미용사는 마음 놓고 가위를 휘두른다

찰랑찰랑 머릿결 고운 저 여자

무엇을 먹여 허리까지 잔가지를 키웠을까

원치 않아도 만나는 시간들이
근심 한 줌을 더욱 검게 물들인다

탈색은 자동이고 염색은 불편한 수동이다

미용사는 손빨래처럼 내 머리를 빤다 실크 스카프를 주
무르는 느낌으로

정수리가 허전하다 남은 숱은 얼마나 될까

실종을 확인하는 쓸쓸한 손의 감각,

멋진 모자를 선물해도 머리카락은 정확한 약속으로 늘
나를 깨운다

죽림욕 하는 달

팔월 열나흘 달이 십 리 대숲 길을 지나간다

지나가는 사람들 그림자 하나씩 덤으로 붙여 주고 뒷짐 지고 소리 없이 뒤따라가는 달,

환한 달빛에 잠들지 못한 대숲이 수런수런 선잠을 털어 낸다 서늘한 잠이 내 정수리로 떨어진다 대나무 슬하에서 자란 죽순들 어느새 마디마디 탑을 쌓은 뒤 푸른 대나무 숲 으로 개명했다

한 덩어리 큰 키를 흔들며 바람은 대숲에 와서 탁한 피 를 헹군다

빽빽한 대숲의 갈피에 어둠을 묻어 두고 누군가 흘리고 간 울음도 뿌리 깊이 묻어 두고 대숲은 바람의 대변자처럼 바람의 목소리로 출렁출렁 운다

단단히 묶여 일생 떨어지지 않는 그림자처럼 바람과 대 숲은 한 몸이다

>

두레밥상 자식들에게 남의 그림자도 밟지 말라던 아버지
목소리 저 대나무처럼 꼿꼿했다

흐린 날은 몸속에 그림자를 꼭꼭 접어 넣는 달, 오늘 밤
울울창창 바람의 그림자까지 불러내 태화강 십 리 대숲 길
에 깔아 놓았다

서열

어미 돼지가 누워 젖을 물리면
열두 마리 연분홍빛 새끼들
뒷다리에 힘주며
젖 빠는 엉덩이들이 가지런했다

눈을 뜨자 마주친 세상
힘센 놈이 젖 잘 나는 중앙을 차지하고
앞발로 젖무덤을 꾹꾹 누르면 꿀꺽꿀꺽 젖 넘어가는 소리
힘없는 놈은 가장자리로 밀려나
빈 젖만 빤다

같은 날 태어난 한 배인데
크고 작은 새끼들
어미 젖이 헐도록 배부르게 먹거나
쫄쫄 굶는
치열한
서열

하루하루 무게가 달라지는 이 싸움에
어미 돼지는 참견하지 않는다

>
세상은 스스로 배우는 것이다

오래된 사원

고목古木은 사원이다
그 많은 바람의 말을 기록하고
그 많은 햇살의 경전을 몸에 새기고
그 많은 새의 법문을 뿌리에 심어 놓았다

오래된 사원일수록
사람들이 많이 찾는 까닭이다

오래된 사원일수록
바람 소리가 끊이지 않는 이유이다

오래된 사원일수록
새와 바람과 구름과 햇살이 많이 사는 이유다

오래된 사원이 햇살 한 줌 집어 나에게 준다

허겁지겁 나는 그걸 받아먹는다

아, 내 배가 이렇게 고팠구나

이렇게 고팠었구나

제4부 시간의 뼈

불에 탄 문

불에 탄 문을 보러
금성산성*에 갔다
삼국 시대의 보병步兵들이
함성과 함께
성벽을 타오르고 있었다
나도 보병들을 따라서
성벽을 타고 올랐다
입보산성**이 나의 먹을 것과
나의 배낭을 받아 주었다
불에 탄 문을 지나
불에 탄 문의 터를 지나
다시 불에 탄 문으로 산성에 들자
구름이 노을의 옷깃을 여미고 있었다
붉은 동학들이 산발한 채
긴 잠을 자고 있었다
모두가
불에 탄 문이었다
노을이었다

* 금성산성: 전라남도 담양군 금성면에 있는 삼국 시대의 성이다.
** 입보산성: 식량과 생활 도구를 챙겨 산성 안으로 들어가 적이 물러
  갈 때까지 버티고 방어하는 산성이다.

소쇄원의 노래 1
—대숲에서

누군가가 깃발을 세웠나니

생각의 깃발을 세웠나니

하늘 쪽으로 던져진 마음 주머니가

속까지 텅텅 비워져야

푸르게

푸르게

자라나는 절개

사상

철학

그제야 칸칸이 열리는

>
문학
혁명

시

푸른 하늘 문

소쇄원의 노래 2
—은목서

도포 자락 같은 대숲 길 지나며
마음의 연혁을 생각하다가
백 년 언덕 생각을 생각하다가
혁명을 생각하다가

문득, 복숭아 향인가 자두 향인가
코끝을 따라간다

광풍각 동편 작은 언덕 위
하늘을 붙잡고 있는 꽃향기

하얗게 숨죽이고 있는
자잘한 꽃들의 함성

양 선비*와 수많은 발자국들이 여기 모여 계셨구나
맑은 숨으로 찻잔을 부딪치고 계셨구나

11월에,

>

잎들 다 지는 11월에,

꽃무릇 필 때
—환벽당*에서

이곳에 꽃무릇이 피는 까닭은
그리운 이가 살던 곳이기 때문입니다

꽃과 잎이 만나지 못해도
오로지 한 몸이듯이
비록 먼저 살다 떠난 그대를 만나지 못했어도
불멸의 혼은 이곳에 남아
저토록 붉은 꽃으로 피어나는 거지요

그리움의 뿌리는 깊어
불꽃처럼 뜨겁게 살아가는 저 꽃무릇은
차라리 당신입니다

나주목사 김윤제의 낮잠 속으로
뛰어든 한 마리 용이 당신이었던가요
팔작지붕 아래 글 읽는 소리 낭랑하니
이곳 환벽당은 당대 최고의 문인을 키운 셈이지요

생전에 빛나던 문장들,
사후에도 붉은 햇살로 피었다가

초가을에 또 다시 불꽃으로 되살아나니

대나무 가마 타고 놀러 갈 만하네**

오동나무 큰 그늘 아래
붉은 낙관으로 찍힌 꽃무릇

돌층계 오르다 발을 헛디딜 뻔했습니다

하마 님이 다시 오신 듯해

* 환벽당: 광주광역시 기념물 제1호로, 푸르름을 사방에 둘렀다는 뜻
  이 들어 있다.
** 시인 임억령(1496~1568)이 환벽당을 노래한 시구.

영산강 벚꽃

벚나무들이 강변에 환하게 늘어서 있다

연애하듯 환하게 늘어서 흔들리고 있다

꽃 지면 봄도 지고

봄 지면 사랑도 지고

돌아서 가는 뒤태가 견딜 수 없어

기어코 밤이 오는 것을 나는 거부했다

그날 밤이었지

개울물 소리가 들리는 강변 그 어디쯤

외할머니의 할머니가 대대로 살고 계셨던 곳

방학 때마다 외할머니 집을 찾아가

\>

영산강 변과 함께 놀았던 곳

벚꽃 다시 피기를 기다리며

흰 고무신 신고 나 혼자 모래밭을 힘껏 달리기도 했지

내가 너무 커 버린 탓일까

나의 연애를 잃어버린 탓일까

언제부턴가 그 강물 소리 들리지 않는다

그 강변 기억나지 않는다

강변 없는 그 강변에 앉아

오늘도 하염없이 나는 나의 강변을 기다린다

나의 벚꽃을 기다린다

줄 치는 사람
—담양 고서 포도 농원에서

그의 한 생은 줄 치고 사는 일
줄 타고 사는 일

붙잡았던 줄이 뚝, 끊어졌을 때
먼저 그는 포도밭을 생각한다

그가 치는 줄을 따라
포도송이가 푸르게 기어오른다

허공에 매달린 수만 개의 초록 눈동자들

여름의 먹구름 떼가 지나가면
초록의 눈동자는 까맣게 익어 간다
줄을 타고 건너가는 한 생
줄에 의지한 시간만큼
알알이 단물이 고인다

가지마다 칼집을 낸 박피의 흔적
넝쿨이 되기 위해
칼날이 닿은 자리마다 층층이 울음이 쌓였다

>

포도밭은 그들 부부의 유일한 생존 이유

허공을 밟고 올라
벽에 매달린 줄 하나로 밥을 버는 사내도
저 포도 넝쿨 같았지

그 포도밭은 어디로 가고
지금 그는 줄을 타고 있는가
줄을 타고
유리 벽을 닦고 있는가

세상에
생존의 거미줄을 치고 있는가

국수거리에서

담양 죽녹원 앞 국수거리에서
국수를 먹다
어머니의 국수를 생각한다

어머니의 국수가 말랑해지는 순간이 있었다
고갯마루에 큰 오라버니 교복 모자가 보일 때였다

그때부터
어머니의 광목 앞치마는 날아갈 듯 부산해졌다

층층시하의 날들
고갯마루는 늘 허기진 달빛으로 출렁이고
그 기아의 길로
자박자박 건너오는 얼굴 하나

밀대에 땀이 송송 나도록 반죽을 밀어
면발 가지런히 삶아 찬 우물물로 몇 번 헹군 뒤
토담에 숨겨 키워 온 애호박 한 덩이
들기름에 볶아 고명으로 얹고
우려낸 멸치 국물에 큰 놋그릇 가득 담은 국수

\>

우리들은 바깥마당으로 내쫓긴 채
토요일 해가 물러나기 전까지
큰 오라버니는
오로지 어머니 차지였다

후루룩 소리 내며 엄지를 치켜세우는 아들만이
당신의 전부였다

그때처럼 나도 푸조나무가 내려다보는 평상에 앉아
대숲 바람이 진하게 우려낸
멸치 육수 속 면발을 건진다

참말로 맛있제? 맛나제?

찰진 음성이
그늘도 없이
관방제림 끝까지 길게 따라온다

정미다방*

마른 입술이 촉촉해지는 곳

솟을지붕 사이로
참새들이
아침을 물고 가만히 내려앉는 곳

8자 피대皮帶를 돌리는 발동기 소리

덜덜거리는 삭발기 소리

우마차에 실려 온 나락들이 흰쌀로 변해
배고픈 포대를 배 채우던 시절

지붕을 치받치던 소음과
머리에 하얀 먼지를 쓴
아버지 너털웃음이 정미다방 안을 둥둥 떠다닌다

커피 한 잔을 앞에 놓고
사라진 그 시간들에게
말을 걸어 본다

>

소맷부리에 옛 소리들이 걸려 있다

명절날이면 정미방앗간 앞에 순서대로 놓인 다라이에
떡가래가 나올 때를 기다리며
천변을 뛰놀던 아이들의 웃음소리가
찻잔 속에 일렁인다

정미다방 솟을지붕 위로
늦은 겨울이

느리게

느리게

지나간다

* 정미다방: 담양군 가사문학면 가사문학로 933에 있다. 정미소를 개조
해 만든 다방이었는데, 2021년 12월 31일 영업 종료와 함께 사라졌다.

연계정*에서의 하루

지상에서 남은 일이란
느티나무가 흘린 매미 울음을 서체로 기록하거나
연못에 어룽진 모현관**의 물그림자를 한나절 바라보며
정자를 지키던 미암의 세계를 기억하는 일

모현관 왼쪽 언덕으로 불어오는 바람을 품에 들이고
정자 마루에 앉아
글 읽던 유생들의 낭랑한 목소리에 귀를 적시며
즐거이 하루를 보내는 일

바람과 새소리는 여전한데
연계정엔 나의 오랜 정인情人이
푸른 문장으로 살고 있어

『미암일기』를 넘기며 흘러간 시간과
가 버린 애틋한 이름***을 나지막이 불러 본다네

숲은 초록 보자기에 싸인
매미 울음을 왁자하게 풀어놓고
한낮의 느티나무도 둥그런 그늘을 발치에 내려놓을 때

>

옛 시간을 물고 날아든 새 떼들
부리마다 묵향이 묻어 있네

* 모현관: 담양군 대덕면 노루골에 있는 건축물로 목판으로 된 『미암
일기』 등 미암 선생 관련 고적을 보관하기 위해 지어진 수장 시설.
『미암일기』는 현재 미암박물관으로 이관되었다.

** 연계정: 전라남도 담양군 대덕면 장산리 218에 있는 정자.

*** 미암 유희춘.

담빛예술창고*에서

풍등들이 떠 있다
미디어아트전, 풍화, 아세안의 빛

풍등들에서 달빛이 쏟아진다
밤마다 연못에 뜨던 달빛들이다

메타세쿼이아 가로수 길 건너
관방제림 옆
담빛예술창고에서
달을 만난다

담양의 달빛은
왜 대나무빛일까
왜 푸조나무 그늘빛일까

달을 올려다보다가 문득
대숲 같은 아버지를 만난다

어둠의 징검다리를 건너
내 발자국의 긴 살얼음판 위로

걸어오시는 아버지

아버지의 검정 고무신 발자국을 따라가던
내 검정 운동화
늦은 밤, 들판에 가득한 달빛이
대숲 등 뒤로 휘어지고

개울물 앞에서 한사코 등 내밀던 아버지

아버지는 나를 업고 내를 건넜다

그날 이후로 아버지는 내가 어둠에 떠밀릴 때마다

그날의 징검다리가 되어 주시곤 했다

달빛 환한 내 길이 되어 주시곤 했다

그 달빛 오늘 밤도 이곳에 환히 떠 있다

* 담빛예술창고: 담양군 담양읍 객사7길에 있다.

면앙정*을 오르며

참나무 숲을 지나 가파른 계단을 오르니
품이 너른 사내처럼 사방이 탁 트인
정자 하나 의젓하네
맑은 바람이 드나들고 새소리가 앉았다 가는 곳

1500년 전 봄날의 한때가 불현듯 스치고
면앙정에서 선비들이 모여 시를 짓고
시를 읽는 소리
반갑게 계단을 걸어 내려와
내 발등을 흥건히 적시네

이곳이 어디인가
무릉도원인 듯, 이 세상이 아닌 듯
바람 소리 적적하고 햇살도 나른해
시원한 마룻바닥에 지친 몸을 뉘고
세상살이에 찌든 귀를 씻고 싶네

그렇게 해 지도록 이곳에 앉아
들고 온 근심 내려놓고
하늘을 걷는 구름의 느린 걸음걸이나

대숲 오가는 바람의 목소리를 외우다가

팔작지붕에 앉은

딱새의 애틋한 노래라도 한 소절 배워 보려네

이곳에 와서

그대**처럼 시 짓는 선비라도 되어 보려네

---

* 면앙정: 맹자에 나오는 말로 땅을 굽어보고 하늘을 우러러 부끄럼이 없다는 뜻이다.

** 송순은 면앙정가단의 창설자이며 강호가도의 선구자이다. 가사「면앙정가」를 비롯, 시조 22수와 한시 520여 수가 남아 있다.

미암일기

500년을 건너온 느티나무
연못의 이야기를 경청하고 있다

오랜 날들이 죽지 않고
시간의 뼈를 맞추며 일어서는 소리에
느티나무 귀 아직 푸르다

화마를 피해 인공 호수를 파고
연못 한복판에 흙을 쌓고 일어선 모현관
청석靑石의 집
한 시대 이야기를 품고 의연하다

『미암일기』의 모현관
모현관의『미암일기』

후손이 살아 보지 못한 삶을 종이에 적어 놓고
후손들에게 그렇게 살라고 가르친다

일자산은 하루에 한 번씩 연못에 내려와
젖은 몸으로 묵은 활자들을 읽어 보고 간다

\>

바람을 타고 번지는
묵향

연못 속 하늘 마당에서
소금쟁이 피라미들 떼 지어
느티나무 그늘 집으로 몰려든다

미암은 어디로 가고
모현관 홀로 연못 속에 텅 빈 몸으로 서 있는가

푸른 서슬에
불씨 한 점 건너오지 못하겠다

봉안리 은행나무*

천년의 길을 가며, 다 불러들인다

지나가는 바람도 품에 안으며
겹겹이
그늘 무성한 여름을 짓는다

가을볕에 익어
바람에 몸을 털 때마다 노랗게
우수수 떨어지는 햇살

내 발등까지 노랗다

노란 봉안리 은행나무 발등

가지 끝 높이
구름이 걸려 있다

노랗게 떨어지는 그 가을의 끝에서
그녀가 환하게
환하게 웃고 있다

>

그때 나는 문득 보았다

가을의 야윈 뒤꿈치를

다시, 그녀가 떠난 방향을 우두커니 바라본다

흘러간 시간은 모두 저편에 있음을 알겠다

* 봉안리 은행나무: 담양군 무정면 봉안리 570에 있다.

삼지내 마을[*]

고택과 흙담이 두런두런 삼지내 마을
골목으로 접어드니 한낮이 깊다

구불구불 휘어진 골목 안
닫힌 대문 틈으로 과거를 만난다

어느 처자가 널을 뛰며
바깥을 넘어다보았을까
흙담 밑에서 가슴을 졸이던 어느 집 도령
도포 자락에 연서를 감추고

누구를 기다리는지
담 밖의 소식이 궁금한 능소화 한 송이
까치발로 얼굴을 내민다

삼지천 흐르는 작은 물소리에 발소리를 담그고
젊은 처자 업고 건너던 그 도령 어디로 갔는지

잡초 가득한 마당귀 모과나무만 비바람 맞으며
빈집을 지키고 있다

\>

그 시간 속으로 나도 살며시 발을 내밀고
누군가를 기다리며 담장에 기대선다

문득, 수로로 흘러가는 물소리가
기다림은 언제나 애달픈 일이라고
으밀아밀 귓속말로 일러 준다

* 삼지내 마을: 전라남도 담양군 창평면 삼천리 416에 있다.

허기진 시간
—창평 국밥 골목*에서

손잡은 장남만 보이는 개와 늑대의 시간

북적대는 할매집
뚝배기에 담긴 허기진 시간을 만나려고
의자에 앉는다

굽은 허리에 손이 분주한 할매
넘치지 않도록 뚝배기를 달래고 있다
그 뒤로
무릎과 허리에 파스를 붙이고
7남매 뒷바라지를 위해
설거지통에 엎드린 어머니가 보인다

산 같은 뚝배기에
어머니의 하루는 참 멀다

아들은 국밥 한 그릇 뚝딱 비우고
어미는 토렴 같은 옛 기억에 배가 부르다

골목까지 들리는

뚝배기 부딪는 소리

설거지하는 소리 멈추지 않고

프로방스 숙소로 가는 길을 따라오고 있다

달그락달그락

따라오고 있다

• 창평 국밥 골목: 전남 담양군 창평면 창평시장에 있다.

담양 습지[*]

습지의 가족은 언제나 분주하다

미나리, 물억새, 갈대, 부들
바람의 혀가 핥고 지나가면
다시 일어서는 푸른 기억들

햇발 들끓는 습지 모래톱에
놀러 나온 오리 떼가 둥글게 모여 앉아 오후를 졸고
자맥질하느라 엉덩이가 치솟은 논병아리들
불청객임을 알리듯 재빠르게 내달리는 족제비들과
황조롱이, 쇠백로, 해오라기, 맹꽁이
수많은 목숨이 목숨들을 품고 있는 담양 습지

갈대는 습지의 이야기를
서걱서걱, 바람에 적어 내려가고 있다
글을 받아 든 바람이 갈대밭을 흔든다

풀들의 속살거림에
어린 새들 우르르 몰려다니며 지저귀고
저녁이 산책을 나오면

내를 건너다 발목이 젖는 별 무리

모두 담양의 가족이다

한 가족이다

* 담양 습지: 담양군 대전면 봉산면 수북면 일대에 있다.

해 설

'사라진 시간'의 아름다움을 찾아가는 오래고 도 먼 길
—이승애의 시 세계

유성호(문학평론가, 한양대학교 국문과 교수)

1. 아직도, 오래오래 가야 할 먼 길

이승애의 시집 『소쇄원을 거닐다』(천년의시작, 2023)는 시인의 깊은 기억이 농울치는 특정 장소들에 대한 충실한 지지地誌이자, 오래전 이곳에 살았던 이들의 낱낱 시간을 섬세하게 보듬어 낸 일지日誌이기도 하다. 이승애 시인은 내면과 사물에 깃들인 시간의 흔적을 통해 세계내적 존재로서의 삶을 발견하고 성찰하려는 의지를 지속적으로 보여 준다. 여기서 '시간'이란 객관적이고 분절적인 연대기적 단위가 아니라, 삶에서 경험되고 기억되는 주관적이고 연속적인 흐름과 그 흔적까지를 말한다. 그녀의 시 안에 배

열되는 내면과 사물의 형상은 이러한 시간 의식에 의해 적극적으로 채택되는데, 그 점에서 이승애는 시간예술로서의 서정시를 신뢰하고 펼쳐 가는 시인이다. 결국 그녀는 내면이나 사물에 담긴 오랜 시간으로 자신의 마음과 시선을 암시하는 시법詩法을 일관되게 취하고 있는 셈이다. 시인 스스로도 "아직도, 오래/ 오래 가야 할/ 먼 길"(『시인의 말』)이라고 했지만, 우리는 여기서 '시인 이승애'의 언어가 이제는 사라져 버린 시간을 방법적 기제로 삼으면서, 시간의 흐름 속에 놓인 내면과 사물의 존재 방식을 집중적으로 표상해 갈 것임을 예감하게 된다. 이처럼 이번 시집은 시간예술로서의 서정시의 속성을 충실하게 예증하면서 오랜 시간이 흘러가고 이젠 잔영殘影으로 남은 것들에 대한 반응을 보여 주는 미학적 범례範例로 다가올 것이다. 이제 그 세계 안으로 한 걸음씩 들어가 보도록 하자.

2. 몸속에서 파동 치는 시간의 깊이

우리는 잘 씌어진 서정시를 통해 이성이 그어 놓은 경계선들이 지워지고 사물들 사이의 새로운 관계론이 구성되는 과정을 경험할 때가 있다. 가령 그 순간은 긴장을 형성하고 있던 개념이나 형상이 사실은 하나의 육체로 결속할 수 있음을 보여 준다. 그래서 우리는 다양한 타자들이 한데 어울리는 친화 과정을 목도하면서 삶이 단선적 질서에 의해 전개되는 것이 아니라 대립적이기까지 한 것들을 품은 채 흘러가는 것임을 알게 된다. 이승애의 이번 시집은 사물에서 발견되는 삶과 죽음, 빛과 어둠, 진화와 퇴행, 생성과 소멸 같은 현상들이 사실은 오랜 시간 거듭해 온 동시적 속성임을 설파하고 있다. 이러한 인지적, 감각적 신생 과정은 우리로 하여금 사물의 새로운 존재론을 경험하게끔 해 줌은 물론, 심층적으로는 몸속에서 파동 치는 시간의 깊이까지 가닿게끔 해 주기도 한다. 먼저 다음 작품을 읽어 보자.

감자들이 몸속에서
봄을 꺼내고 있다
박스 안에 갇혀서도
푸릇푸릇
봄을 내밀고 있다
겨우내 짓눌린 숨을 한꺼번에 내뱉는 듯
일시에 터뜨리고 있다
저 푸른 뿔
저 푸른 못이
봄을 기억하고 있었구나
흙냄새를 기억하고 있었구나
쪼글쪼글
제 피를

제 몸을

스스로 말리며

묵은 감자들은 오늘도

고행苦行하고 있다

고행의 몸으로 일제히

푸른 숨을 내뿜고 있다

터뜨리고 있다

—「춘분」 전문

봄의 한가운데인 '춘분'을 맞아 '감자들'이 스스로의 몸에서 봄을 꺼내거나 내밀고 있다. 그 '푸릇푸릇'의 몸짓이 단연 봄의 정점에 서 있다. 그 몸짓은 "겨우내 짓눌린 숨"을 내뱉고 터뜨리며 "저 푸른 뿔/ 저 푸른 못"이 기억해온 봄의 흙냄새처럼 지상의 삶을 솟구치게 한다. 제 피와 몸을 철저하게 말리면서 고행을 거듭해 온 "묵은 감자들"의 "푸른 숨"을 관찰하고 표현하는 시인이 마치 봄[春]의 전령사가 우리에게 봄을 나누어 주듯이[分], "마당 가득 늦봄이 출렁대고"(「봄날」) 있는 순간까지 눈부시게 흘러갈 것임을 예감하게 해준다. 그렇게 계절의 흐름과 순환이라는 자명한 질서를 안으면서 이승애 시인은 자연 사물들이야말로 "묵묵한 수행으로 온몸에 기록한 햇살의 경전"(「나무는 중얼거리지 않는다」)이며 그래서 "사람보다 단호한 꽃의 결심을 내 심장에 이식"(「견딜 수 있는 동안」)해 갈 수 있었노라고 고백할 수 있었을 것

이다. 눈 밝은 견자見者로서의 시인의 모습이 빛을 뿌리는
순간이다. 다음은 어떠한가.

먼 산등성이로
해가 넘어간다

그사이, 일찍 집을 나선 새벽이 늙어
서쪽 하늘에 붉은 발자국을 찍으며
집으로 가고 있다

지친 몸을 흔들리는 허공에 묶고 꾸벅꾸벅 졸거나
휴대폰에 코를 박고 앉거나 서 있어도

참, 좋구나 저녁이란 말
퇴근이란 말

각자의 아침을 매고 나온 사람들
빌딩 숲 어디쯤 짐을 부려 놓고 오는 것일까
미로를 헤매고 먼 길에 절뚝이며
출구를 찾던 하루가 묵묵히 마스크 속에
입을 숨기고 말을 삼켜도

집이 다가올수록, 숨이 트인다

차창을 넘어온 금속성의 날카로운 바퀴 소리도 귀에
걸치고
　　금세 겉잠이 드는 도시의 유목민들
　　따끈한 밥상과
　　어딘가에 발 뻗고 잘 방 한 칸이 있기에
　　모두 연어 떼가 되어
　　오던 길 거슬러 가는 중이다

　　이내 멀어지거나 우르르 다가오는 낯선 얼굴들
　　저녁이면 승차해 모두 한 방향으로 달린다

　　역에 닿을 때마다 어둠은 조금씩 더 짙어진다

　　멀거나 가깝거나
　　모든 저녁은 기다림을 향해 저물어 간다

　　　　　　　　　　　　　　　　　　—「저녁의 방향」 전문

　　이번에는 봄처럼 피어나는 순간이 아니라 하루가 서서
히 이울어 가는 저녁이다. 시인은 "먼 산등성이로/ 해가
넘어"가는 저녁에 시선을 보낸다. 저녁이란 모든 역동성
이 멈추고 사물들이 제자리로 돌아가는 시간이 아니던가.
시인은 저녁이 찾아온 순간을 통해 마치 "일찍 집을 나선
새벽"이 인생의 어떤 마디처럼 늙어 서쪽 하늘로 귀가하

고 있다고 느껴 본다. 그 늙고 "붉은 발자국"은 일상에 지친 시인으로 하여금 "참, 좋구나 저녁이란 말"이라는 감동의 언어를 낳게끔 한다. 또한 저녁은 "퇴근이란 말"이기도 하여 아침에 집을 떠나온 사람들이 "집이 다가올수록, 숨이 트인" 순간을 품고 있기도 하다. "도시의 유목민들"이 "따끈한 밥상과/ 어딘가에 발 뻗고 잘 방 한 칸"을 찾아 "연어 떼가 되어/ 오던 길 거슬러 가는" 것처럼 저녁은 태양도 사람도 평등하게 집으로 돌아가는 때이기 때문이다. 그렇게 저녁은 기다림을 향해 저물어 가는 방향으로 아름답기만 하다. 이처럼 이승애 시인은 사물의 생성 못지않게 소멸의 징후를 소중하게 발견하여 자신의 시적 육체를 하나하나 정성스럽게 입혀 간다. "먼 곳으로 흘러갔던 시간들/ 그립고 아름다운 것들"(「프로방스를 아시나요」)이 천천히 흘러간 시간 저편에 있음을 발견하면서 "눈부신 것들이 떠나고"(「명옥헌 자미화」) 난 후에 찾아오는 아름다움을 온몸으로 새기고 있는 것이다. 애잔하고 아름답고 융융하다.

이렇듯 이승애 시인은 봄날의 자연이나 도시의 유목민이나 모두 시간의 흐름에 탑승하여 자신들만의 존재론을 살아간다고 노래한다. 이는 무심하게 흐르는 시간과 그 안에서 실존을 구성해 가는 시인 스스로에 대한 노래로 다가오기도 한다. 그래서 그녀의 시에는 세계를 살아가는 존재자로서의 운명에 대한 응시와 성찰이 함께 녹아 있다. 작품 표면에는 그녀의 몸속 깊이 새겨져 있을 난경難境의 흔적이 빈번하게 나타나지만, 이면에는 그것을 넉넉하게 다

스려 가려 하는 남다른 의지가 흐르고 있지 않은가. 그렇게 시인은 오랜 시간 겪어 온 실존적 상황을 끊임없이 바라보면서 그 안에 파동 치는 시간의 깊이를 선연하게 드러내고 있다. 자신만의 시간 경험을 끊임없이 현재화함으로써 스스로의 몸속에 수많은 흔적을 새겨 놓고 있다. 지금 여기의 현재형에 육체를 부여하는 방식으로써 자신만의 시간을 형상화하고 있는 것이다.

3. 정신적 원적으로서의 존재론적 기원

모든 기억은 지나간 시간을 감각적으로 재생시키는 과정이다. 하지만 그것은 자신의 실존적 현재형을 아름답게 지탱해 주는 존재론적 기원起源을 각인해 가는 운동이기도 하다. 때로 어떤 기억들이 회상에 머무르지 않고 앞으로 살아갈 날들의 지남指南 역할을 하기도 하는 것은 그러한 이유에서이다. 이승애 시인이 보여 주는 기억의 격조는 이렇게 과거와 현재는 물론, 주체와 대상, 현상과 실재, 죽음과 삶, 태어남과 저묾의 경계를 지우거나 흩뜨리면서 자신의 시학을 한 차원 높게 완성해 가는 데 있다. 거기에 대상을 깊이 안아 들이고 스스로의 삶을 완성해 가려는 사랑의 힘이 숨 쉬고 있기 때문이다. 그 핵심에 존재론적 기원으로 상징되는 가족들의 삶이 자리잡고 있는 것은 매우 이채롭고 소중하다. 말할 것도 없이, 이는 '자연인 이승애'

의 기억이 '시인 이승애'의 언어로 옮겨 가는 과정에서 태어난 자기 개진의 결실일 것이다.

건너편 강변에 늘어선 벚나무를 따라 봄빛이 환하게
번지고 있다

하룻밤 사이
봄은 얼마나 멀리 달려가 버렸는지 뒷모습만 아득하다

모래밭에 앉아 막 눈을 뜨기 시작하는 갯버들의 머리
를 쓰다듬어 준다
봄볕에 파랗게 살이 오른 강물의 속살

여기 어디쯤,
물소리 들리는 곳에 외할머니의 할머니가 살던 옛집이
있었을 것이다

머슴도 몇 딸린 아름 기둥 집에서 자랐다는 외할머니
애기씨, 애기씨 하며 어린 주인을 업어 주었다는 그 투
박한 머슴의 목소리도
앞마당 매화나무 가지에 꽂혀 있을 것이다

섬진강 물을 먹고 한 일가를 버젓이 이룬

외할머니의 연혁은 나의 자랑이었다

경대 앞에 앉아 참빗으로 가르마를 타던 단정한 매무새며
댓돌 위 가지런한 흰 고무신들
문득, 사무쳐 모래밭을 달려 본다

매화꽃 같은 아련한 기억은 아직도 오래전부터 이곳
에 머물러 있다

강변에 발자국을 남기며 서성거리던 그 시간은
돌아오지 않는 이름처럼 쓸쓸한 일이었지만,

맑은 강물에 손바닥을 적신다
안온의 기억이 강변을 따라 달리고 있다
　　　　　　　　　　—「강변에서의 하루」 전문

　이 아름다운 시편은 이승애의 정신적 원적原籍과 함께
가장 깊고도 오랜 실존적 기억의 심부深部를 알게끔 해 준
다. 강변에 늘어선 봄날의 벚꽃, 시인은 하루만큼의 봄날
이 달려가 버린 순간에 모래밭에 앉아 갯버들 머리를 쓰
다듬어 준다. 봄볕에 살이 오른 강물 푸른 속살 어디쯤에
서 "외할머니의 할머니가 살던 옛집"을 떠올려 본다. 아마
도 시인은 가 보지 못했을, "머슴도 몇 딸린 아름 기둥 집

에서 자랐다는" 외할머니의 일화는 "애기씨, 애기씨 하며" 어린 주인을 업어 주었다는 머슴 목소리와 함께 아련하게 "앞마당 매화나무 가지"에 남았을 것이다. 그러니 시인은 "경대 앞에 앉아 참빗으로 가르마를 타던 단정한 매무새며/ 댓돌 위 가지런한 흰 고무신들"로 세목을 이룬 "외할머니의 연혁은 나의 자랑"이라고 말할 수 있었으리라. 이처럼 오래전부터 이곳에 머물러 있는 기억은 비록 "돌아오지 않는 이름처럼 쓸쓸한 일"이지만 "안온의 기억"으로 재생되어 강변을 달리고 있지 않은가. 그 "강변에서의 하루"야말로 외할머니의 일생을 다 담고도 남았을 것이다. 그렇게 시인은 오래전부터 이곳에 살았을 누군가의 흔적을 수습하면서 이제는 "사라진 그 시간들에게// 말을 걸어"(『정미다방』)본다. "출렁이는 역사의 격랑을 건너며/ 섬진강을 지켜 낸 뚝심"(『재첩국』)도 만나보고, "뾰족하고 뭉툭한 돌의 얼굴을 쓰다듬으며 흘러가는/ 저 부드러운 것들"(『미호강 변』)도 배워 간다. 이 모든 것이 "고비마다 마디가 되어 준 간이역"(『죽녹원에 들다』)처럼 그녀 앞으로 흘러간 강물이 전해 준 신성神聖의 소리일 것이다.

얼마나 먼 길을 걸어왔을까
우듬지로 퍼 올린 파문이 겹겹이다

시간은 촘촘하고
봄의 행간은 느슨하다

하늘과 새들의 심장 소리를
돌돌 말아
품에 안은 흔적

어둠을 돌며
한 줄 한 줄 박힌
초리 끝까지 오르내린 길은
아버지의 주름을 닮았다

한자리에 박혀
시간을 따라 떠돌던 발자국들
해를 따라 드나든 길은
영원히 닿지 못할 길이었다

잎으로 밀어낸 수많은 언어들을
우리는
그늘이라고 읽었다

나무는 죽어서야 제 나이를 보여 준다

그리다 만
미완성의 둥근 악보를 보여 준다

—「둥근 악보」 전문

이번에는 가장 애틋한 기억 속에서 아버지를 불러낸다. 그녀의 아버지는 "대숲 같은 아버지"(『담빛예술창고에서』), "저만큼 앞서가는 아버지의 곧은 등"(『창평 오일장』)에서처럼 딸에게 어떤 생의 일관성과 지표를 펼쳐 주신 소중한 분이다. 시인은 먼 길을 걸어온 겹겹의 파문을 그러안은 나무에게서 "하늘과 새들의 심장 소리"를 듣고 "어둠을 돌며/ 한 줄 한 줄 박힌/ 초리 끝까지 오르내린 길"을 바라보며 그곳이 "아버지의 주름"을 닮았음을 발견한다. 아버지의 일생처럼 "시간을 따라 떠돌던 발자국들"이 "해를 따라 드나든 길"은 시인이 영원히 닿지 못할 길이었으리라. 그렇게 나무는 수많은 언어를 '그늘'로 장착한 채 "빈 곳의 중심인// 둥그런// 허공 하나"(『우물』)처럼 비운 "미완성의 둥근 악보"를 시인에게 건넨다. 전체적으로 봄나무가 구축한 아름다움을 "둥근 악보"로 은유한 시편이지만, 우리는 그 안에서 존재론적 기원으로서의 아버지가 거느렸을 "길이 그늘이 되고/ 그늘이 길이 되는 길"(『그늘과 키』)을 바라보게 된다. 그분이 "몸에 몸의 역사를 새긴 매산리 노거수"(『매산리 소나무』)처럼 시인에게 우뚝하게 남았음을 공감하게 된다.

이처럼 이승애 시인은 자신의 존재론적 기원을 향해 골고루 빛을 뿌림으로써 자신의 기억으로 하여금 선명한 기념비(monument)가 되게끔 배려해 간다. 그래서 그녀는 자신의 존재론에 대한 그리움을 통해 이번 시집을 환한 빛으로 채워 간다. 이때 그리움이란 대상을 향한 사랑이 시간의 풍화를 견디며 살아남은 어떤 정서적 몰입을 뜻한다. 이는 시인으로 하여금 자신의 존재론적 기원을 향하게끔 하면서, 실존적 부재의 상황을 승인하고 거기서 발생하는 깨끗한 슬픔을 아스라하게 받아들이려는 지향을 함유하게 된다. 자신의 존재론적 기원을 향한 그녀의 하염없는 노래를 듣는 우리가 그녀의 정신적 원적과 뿌리를 암시받는 순간이 아닐 수 없겠다.

4. 소쇄원에서 온몸으로 맞아들이는 '바람'과 '시'

이승애 시인은 다양한 사물이나 상황에 대한 경험적 실감을 자신만의 언어적 화폭에 담아낸다. 더불어 그녀는 감각만으로는 담아내기 어려운 사유의 결과들을 펼쳐 가기도 하는데, 가령 삶의 화음和音을 들으면서 살아 있는 것들의 기운을 느끼거나 역동의 고요를 통해 상황의 본질로 잠입할 때 그러한 역량은 단연 빛난다. 이때 우리는 언어를 넘어 존재하는 본원의 소리를 들을 수 있게 된다. 시인은 이렇게 자신의 감각을 사물에 의탁하여 경험적 실감을 노래하는 일관성을 보여 주면서, 동시에 자신의 마음이 움직여 가는 리듬을 통해 삶의 이치를 은유해 간다. 이렇듯 이승애의 시는 미세한 경험 맥락이 숨 쉬는 순간을 가져다줌으로써 서정시가 개인적 경험의 산물이면서 동시에 가장 보편적인 삶의 이법을 노래하는 양식임을 비로소 증

명한다. 그만큼 이승애는 근원적 감각을 통한 삶의 재현과 창의를 지속적으로 꿈꾸는 시인이라 할 것이다. 일종의 '소쇄원' 연작이라 할 탁월한 시편들을 한번 읽어 보자.

이곳 어디쯤 바람의 창고가 있을 것이다
부지런한 창고지기는 대숲의 빗장을 풀고
온 마을이 천 년을 퍼다 써도 마르지 않을 바람을 아침
정수리로 쏟아붓는다

눈 뜨고 귀를 열고 바람을 보고 듣는다
오래전 이곳에 살던 사람도 바람의 말을 받아 적었으리
세상이 파도처럼 한바탕 끓어오를 때
울분도 이 숲에 묻어 두고
저 뿌리 깊은 나무에 기대
풍진 세상 건넜으리라

또 한 차례 바람 창고가 열리는지 바람이 구휼미처럼
하얗게 쏟아진다
마음이 주린 나는
두 손을 들고 환호한다
솨솨솨—
댓잎들이 뒤로 무너지고
한 발짝 물러선 대숲이 금세 제자리로 돌아온다

저 무수한 흔들림

한 칸 한 칸 비우며 허공을 채워 나간 대숲의 비책은

저 깊은 땅속에 묻혀 있어

흔들리면서 결코 흔들리지 않는다

댓잎처럼 푸르고 싶어

한 줌 바람으로 세수를 하고 신발을 벗고 하냥 걷는다

입술에 닿아도 부끄럽지 않은 소쇄원 바람이다

무슨 말을 내뱉어도 다 씻겨 줄 맑음이다

정직한 창고지기는 일생 동안 늘 쓸 만큼만 바람을 나

눠 준다

—「소쇄원을 거닐다」 전문

　'소쇄원瀟灑園'이란 조선 중기 때 양산보라는 이가 세상
뜻을 버리고 고향으로 내려와 깨끗하고 시원하다는 의
미를 담아 조성한 정원이다. 자연과 인공이 조화되어 세
속을 벗어난 경지를 방불케 하는 분위기로 시인 문사들
의 방문이 잦은 곳이다. 시인은 이곳을 거닐면서 스스로
의 시인적 자의식을 톺아 올린다. 그녀는 거기서 부지런
한 바람의 창고지기가 대숲 빗장을 풀고 마르지 않을 바
람을 쏟아 놓는다고 상상한다. 정수리로 쏟아진 그 바람
을 눈으로 보고 귀로 듣는다. 오래전 이곳에 살던 사람도
"바람의 말"을 받아 적었을 것이고, 난세가 펼쳐질 때마

다 "저 뿌리 깊은 나무에 기대/ 풍진 세상"을 건넜을 것이 아닌가. 바람이 마치 '구휼미'처럼 하얗게 쏟아질 때 시인은 마음의 허기로 그 바람을 한껏 맞아들인다. 댓잎들이 뒤로 물러났다가 다시 제자리로 돌아오는 그 찰나에 시인은 "저 무수한 흔들림" 속에 담긴 "대숲의 비책"을 깨닫는다. 그것은 "흔들리면서 결코 흔들리지 않는" 댓잎처럼 "입술에 닿아도 부끄럽지 않은" 차원이었을 것이다. 그때 시인이 가슴속에 일렁인 것이야말로 자연의 '바람[風]'이자 내면의 '바람[望]'이었을 것이다. "무슨 말을 내뱉어도 다 씻겨 줄 맑음"을 그렇게 나눈 시인은 부끄러움을 넘어서려는 삶의 보편적 욕망에 가닿는다. 그렇게 "마음의 연혁을 생각하다가/ 백 년 언덕 생각을 생각하다가/ 혁명을 생각하다가"(「소쇄원의 노래 2」) 소쇄원에서의 하루가 저물어 간다. 그리고 이러한 걸음을 따라 오랜 시간 잠들어 있던 "옛 시간을 물고 날아든 새 떼들/ 부리마다 묵향이 묻어"(「연계정에서의 하루」) 있는 장면이나 "오랜 날들이 죽지 않고/ 시간의 뼈를 맞추며 일어서는 소리"(「미암일기」)가 차례로 좇아오고 있다.

누군가가 깃발을 세웠나니

생각의 깃발을 세웠나니

하늘 쪽으로 던져진 마음 주머니가

속까지 텅텅 비워져야

푸르게

푸르게

자라나는 절개

사상

철학

그제야 칸칸이 열리는

문학
혁명

시

푸른 하늘 문

—「소쇄원의 노래 1」 전문

대숲에서 부르는 '소쇄원의 노래'는 자못 이채롭다. 시인은 '대숲'이 가지는 여러 이미지군群을 불러와 그것을 누군가 세운 "생각의 깃발"로 형상화한다. 그것은 어느새 "하늘 쪽으로 던져진 마음 주머니"가 속마저 비우고는 푸르게 퍼져가는 기운으로 몸을 바꾼다. 그 몸 안에는 "절개// 사상// 철학" 그리고 "그제야 칸칸이 열리는// 문학/ 혁명// 시"가 서려 있다. 그러니 "푸른 하늘 문"을 열고 쏟아져 나오는 윤리적, 철학적, 문학적 혁명으로서의 '시詩'가 '소쇄원의 노래'와 등가가 되는 것이 아닌가. 소쇄원을 천천히 거닐면서 이승애 시인이 꿈꾸고 바란 것은 누군가의 "줄을 타고 건너가는 한 생"(「줄 치는 사람」)처럼 때로 "붉은 동학들이 산발한 채/ 긴 잠을 자고"(「불에 탄 문」) 있던 시간이나 때로 "시공을 넘어/ 목판의 활자들이 유리 속에서 두루마리 눈을 반짝"(「미암박물관에서」)이는 순간이었던 것이다. '시'라는 "한 채의 사원"(「나무는 중얼거리지 않는다」)은 그렇게 시인에게 절체절명의 존재론이 되어 가고 있다.

이승애 시인은 '소쇄원'이라는 특별 공간을 배경으로 하여 자신의 삶을 다짐하기도 하고, 새로운 세계에 대한 예지적 경험을 당겨 오기도 한다. 이번 시집은 그러한 꿈을 향한 한없는 바람과 그리움을 가진 채 씌어졌으며, 우리는 그 안에서 더 두터워진 생을 향해 나아가려는 시인 자신의 열망을 숱하게 만나게 된다. 그래서 그녀의 시가 노래하는 대상은 시인의 가장 원형적인 상像을 담아내는 어떤 기원이자 궁극으로 기능하게 되는 것이다. 이승애 시인은 그

이름을 일일이 소환하면서 자신의 시를 써 가는데, 특별히 스스로의 기원이 될 만한 존재자들의 흔적들은 지금도 그녀의 삶을 떠받쳐 주는 핵심 자양이 되어 준다. 이는 이번 시집의 시간예술로서의 속성을 더없이 선명하게 입증해 주면서 어떤 연대기적 서사보다도 더욱 삶의 진정성을 잘 알게끔 해 주는 상상력의 운동을 보여 준다 할 것이다.

5. 사라진 시간의 흔적을 기다리며

두루 알고 있는 것처럼, 우리는 가장 눈부시고 또 어둑하기도 한 서정시의 언어를 통해 한 시대를 견뎌 가고 또 한 시대를 대망해 간다. 이승애는 눈부심과 어둑함을 황홀하게 변증한 언어의 사원을 향해 더 나은 길로 걸어가는 더없이 착실하고 충일한 내면을 가진 서정시인이다. 이승애의 이번 시집은 이러한 그녀의 시인으로서의 속성을 심미적으로 결실해 낸 성과로서 사물의 순간성 속에서 미美의 근원을 찾아내고 거기서 '시적인 것'의 가능성을 탐색해 가는 과정을 확연하게 보여 준다. 거기에는 평범한 삶의 목록들이 시인의 언어를 통해 얼마나 구체적이고 아름다운 존재자들로 거듭나는지를 생생하게 보여 주는 실례로 가득하다 할 것이다. 또한 모든 것은 사라지지만 이승애의 손길과 필치는 그것을 더없이 풍요로운 기억의 자양으로 끌어모으고 있다. 그 과정에 중중한 사유와 감각이

필연적으로 개입하는 것은 말할 것도 없으리라.

사라진 시간을 만나러 간다

수많은 그림자가 들판을 건너갔지만
그 자린 지금 누가 지키고 있을까

두터운 업장을 두르고 한자리에서
발목이 빠지도록 늙어 버린 오 층 석탑

매미울음이 허리를 휘감던 뜨거운 시간도 달아나고
귀뚜리 울음도 서늘하게 식었다

몸에 핀 돌꽃
햇살과 바람을 품고
돌이 꽃을 피운 시간은 얼마나 될까

세상의 기도를 듣고
탑돌이하던 발자국들 황토빛으로 단단하다

폐사지 오 층 석탑 위
까마귀 한 마리 설법을 하다가
독경讀經을 하다가

푸드덕, 공空으로 허공을 박차고 오른다

—「사라진 시간」전문

　담양 남산리 오층석탑에서 시인은 "사라진 시간"을 만
난다. "두터운 업장을 두르고 한자리에서/ 발목이 빠지도
록 늙어 버린 오 층 석탑" 앞으로는 수없는 그림자가 들판
을 가로질렀을 것이고 매미와 귀뚜리 울음도 계절을 따라
무수히 흘러갔을 것이다. "햇살과 바람을 품고/ 돌이 꽃
을 피운 시간"을 몸에 지닌 채 석탑은 아마도 "세상의 기도
를 들고/ 탑돌이하던 발자국들"을 기억하면서 지금 여기
에 등장한 까마귀 한 마리의 설법 혹은 독경 소리를 듣고
있을 것이다. 그러니 '사라진 시간'이 '없어진 시간'은 아닐
것이다. 오히려 그것은 오랜 흔적과 기억으로 남아 "장독
대 항아리엔 곰삭은 시간만 가득"(「빈 마당과 악수하다」)한 것
처럼 "풍경을 그대로 빌려 쓰는"(「죽림재를 차경借景하다」) 오
랜 시간의 뒷모습을 순연하게 암시할 뿐이다. 석탑에 서
려 있는 '사라진 시간'으로 하여 그 기억의 위의威儀는 한층
더 돌올하기만 하다.

　벚나무들이 강변에 환하게 늘어서 있다

　연애하듯 환하게 늘어서 흔들리고 있다

꽃 지면 봄도 지고

봄 지면 사랑도 지고

돌아서 가는 뒤태가 견딜 수 없어

기어코 밤이 오는 것을 나는 거부했다

그날 밤이었지

개울물 소리가 들리는 강변 그 어디쯤

외할머니의 할머니가 대대로 살고 계셨던 곳

방학 때마다 외할머니 집을 찾아가

영산강 변과 함께 놀았던 곳

벚꽃 다시 피기를 기다리며

흰 고무신 신고 나 혼자 모래밭을 힘껏 달리기도 했지

내가 너무 커 버린 탓일까

나의 연애를 잃어버린 탓일까

언제부턴가 그 강물 소리 들리지 않는다

그 강변 기억나지 않는다

강변 없는 그 강변에 앉아

오늘도 하염없이 나는 나의 강변을 기다린다

나의 벚꽃을 기다린다

　　　　　　　　　　　　—「영산강 벚꽃」 전문

　　영산강 변에 연애하듯 늘어선 '벚나무들'은 마치 꽃 지면
봄 지고 봄 지면 사랑 지듯 한 삶의 보편적 이치를 그대로
보여 준다. 시인은 개울물 소리 들리는 강변 어디쯤에서
"방학 때마다 외할머니 집을 찾아가// 영산강 변과 함께 놀
았던 곳"을 떠올린다. 「강변에서의 하루」에 등장했던 "외할
머니의 할머니가 대대로 살고 계셨던 곳"이다. 벚꽃이 다
시 피기를 기다리면서 혼자 모래밭을 달리기도 했던 그곳
에서 이제 강물 소리는 들리지 않는다. 그러한 '사라진 시

간'을 품으면서 시인은 오늘도 하염없이 자신만의 '강변'과 '벚꽃'을 기다릴 뿐이다. 그러니 "영산강 벚꽃"은 과거 선명했던 실재이자 현재 기다림의 대상이 됨으로써 과거─미래를 엮어 내는 '충만한 현재형'으로 존재하는 것이 아니겠는가. 이렇게 세상은 "내려놓을 마음 자락"(「하심당에서」)을 찾아 이제는 '사라진 시간'을 기다리며 "스스로 배우는"(「서열」) 과정일 것이다.

서정시는 시인 스스로에 대한 기억을 새롭게 구성하는 구조적 특성을 지닌다. 그 표면에는 자기 표현 발화를 통해 시인 자신의 의식이 드러나게 마련인데, 이때 시인의 의식을 구성하는 질료는 시인 자신이 겪은 원체험原體驗일 것이다. 시인은 자신의 원체험을 부단하게 변형하고 재현해 가면서 자기동일성을 확보해 간다. 이때 기억은 가장 중요한 서정의 원리가 되면서 가장 구체적이고 경험적인 언어를 길어 올리는 방법이 되어 준다. 그만큼 서정시는 다양한 원초적 존재론의 양상을 다루면서 우리로 하여금 시간의 원리를 따라 삶의 근원에 대한 경험을 치르게끔 해 준다. 이승애의 시는 다양한 인생론적 경험을 통해 이러한 서정의 원리를 한껏 충족해 간다. 특별히 그녀의 시는 삶을 탐색해 가는 과정을 가능케 하는 '존재의 집'으로서 빼어난 미학적 성취를 거두고 있다 할 것이다.

6. 은총이자 특권으로서의 순간

지금까지 우리는 한편으로 '사라진 시간'을, 한편으로 그 후 남겨진 흔적들을 만나 보았다. 언어를 통해, 그 뒤에 남은 사람들, 사물들, 풍경들을 일일이 호명하는 언외지의言外之意의 나직한 목소리를 들어 보았다. 아울러 지나온 시간에 대한 일방적 미화보다는 거기서 비롯한 흔적을 추스르려는 견인의 미학이 번져 가는 것을 하염없는 눈길로 바라보았다. 이승애 시인의 내면이 여느 퇴행(regression)과는 다른 역류적 상상력에서 가능했음을 읽어 본 것이다. 이제 우리는 '사라진 시간'이 남긴 흔적 속에서 만남과 떠남, 삶과 죽음, 충만과 텅 빔, 활력과 적막을 놓치지 않고 찾아 읽게 될 것이다. 이 모든 것이, 그녀의 시가 우리에게 남겨 준 미학적 파문이자 문양이 아닐까 한다.

우리가 천천히 읽어 왔듯이, 이승애의 시는 다른 예술양식들과 달리 시간의 지층을 강하게 의식하면서 씌어져 왔다. 우리가 서정시의 특성을 삶의 형상적 반영으로 승인해 온 까닭도 여기 있을 것이다. 이때 우리는 서정시가 시간 자체에 대해서도 관심을 많이 가지지만 시간의 흐름을 둘러싼 삶의 내력에 대해서도 지극한 관심을 가지고 있는 시간예술임을 알게 된다. 어쩌면 서정시의 이러한 순간이야말로 지극한 은총이자 특권이기도 할 것이다. 우리는 시인이 경험한 구체적 장소들을 통해 그녀의 시가 삶의 변화 가능성을 실천하고 있는 양식이며 생성적 가치를 암시하는 실천적 장場임을 알게 되었다. '사라진 시간'의 아름다움을 찾아가는 오래고도 먼 길을 수일秀逸하게 성취한 이번 시집 『소쇄원을 거닐다』의 발간을 축하드리면서, 이 시집이 독자들에게 서정시가 이루어 가야 할 미학적 가능성을 구체적으로 선사하는 실례로 남기를 마음 깊이 희원해 마지않는다.